JN099037

天國泥棒
tegoku dorobou

短歌日記 2022

水原紫苑
Shion Mizuhara

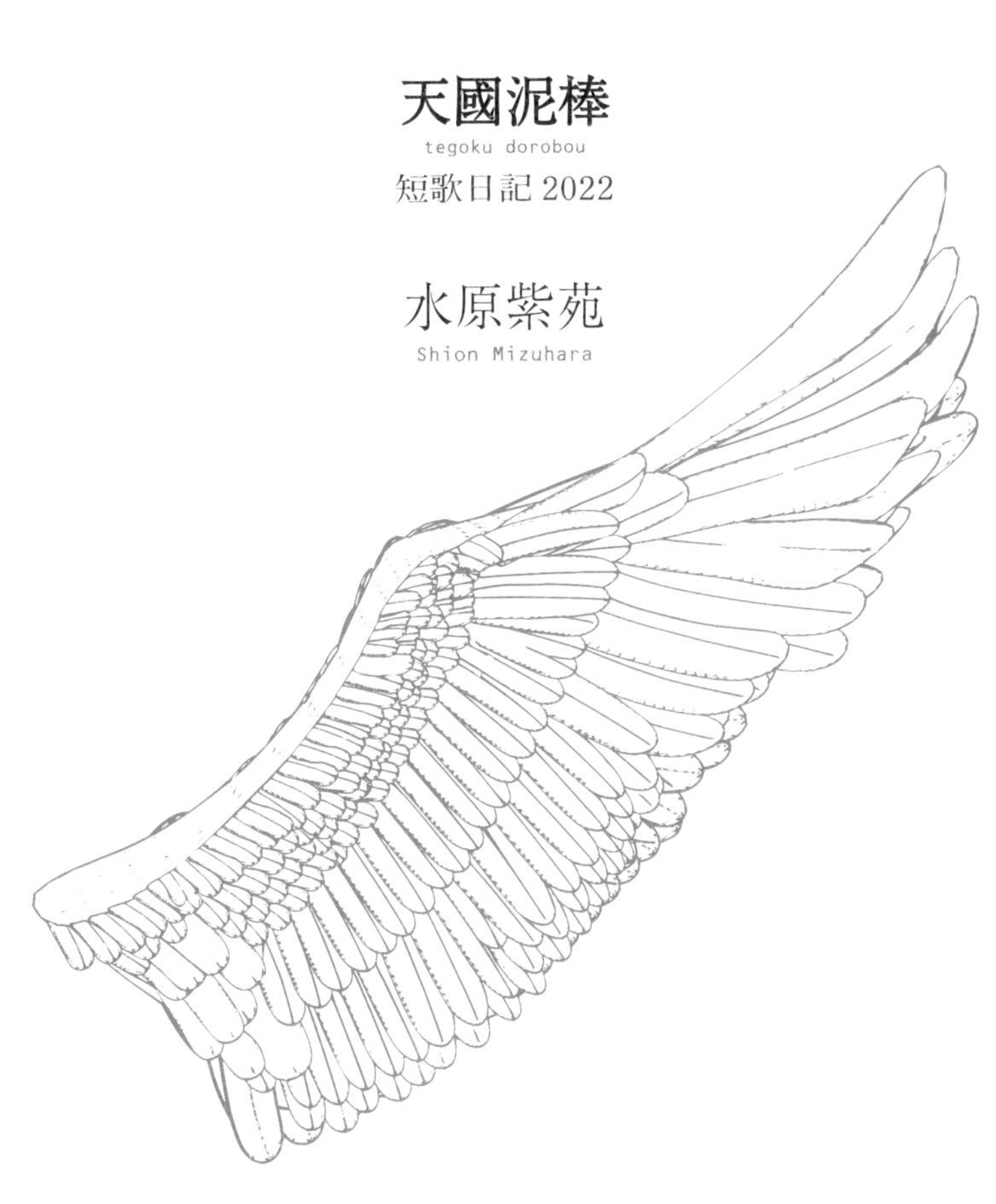

ふらんす堂

一月

一月一日(土)

新年の汽笛ののちに海ねむる海の夢とはみなしごの夢

見ることは見らるることぞ俳優（わざをぎ）はわが魂の色を知りけむ

一月二日(日)

一月三日(月)

愛しあふ椿たちたれも愛さざるひよどり共にうつくしきかな

故宮なる翠玉白菜ひえびえとわれらを見つむそのみどりはや

5

一月四日㈫

一月五日㈬

冬紅葉いづこ無差別殺人の血汐は夢に消ゆることなし

巴里の犬如何にか在らむ白犬の記憶しらほねしらたましづか

一月六日(木)

一月七日㈮

野菜ならば人蔘ならむ嫌はれて恍惚とせるうつそみの朱（あけ）

雀たちよなにゆゑに來ぬさびしさにうすゆきつもる睫毛知らずや

一月八日(土)

一月九日(日)

遊星のあそび羨(とも)しも言の葉のほかのあそびを持たざりにけり

わが墓はわが言葉　さあれ父母（ちちはは）と白犬如何に　波のまにまに

一月十日(月)

一月十一日㈫

南瓜ひとつ切れずにあふぐ冬空よシンデレラの馬車廢（すた）れにけりな

資本主義と詩歌相容れず王制とわれ相容れず雪割草戀ほし

一月十二日(水)

一月十三日㈭

天國泥棒愉しからずやたましひは牡蠣と舞茸のパスタのうちに

苦手なり小津安二郎　身も蓋も無き生き方の溝口を愛す

一月十四日㊎

一月十五日㈯

さざんくわにしばし心をあづけつつ石垣の蔦語るを聞かず

わたくしは鳥かも知れず恐龍の重きからだを感ずるあした

一月十六日(日)

一月十七日(月)

アヴィニョンの修道院に死にたしと良き考へは散歩中に來たる

魚屋の壽司の美味しさ語らむと冥王星の友呼びいだす

一月十八日(火)

一月十九日(水)

いつよりぞひさかたの月ゆがみそめ眞圓を見ず怨みのごとし

一月二十日㈭

一月二十一日㈮

わが師みな男なりけりあかねさす紫式部に史記習ひたし

アメジスト似合ひさうなる鴉なり母の形見の指輪贈らむ

一月二十二日(土)

一月二十三日(日)

死に近ききみとゆきたる水仙の岬に無限の水仙在りき

暖かき家に住むこと罪のやうなる睦月きさらぎ　わがラスコリニコフ

一月二十四日㈪

一月二十五日(火)

弟と妹この世に在らましかばうた詠まざらまし傲然と在らまし

小さなる安賣りの薔薇いとしみて死者に供ふる怒りたまひそ

一月二十六日(水)

一月二十七日(木)

世界中の極右あくがるる日本とぞ霜柱さへ恥に折れたり

たれに逢ひしのちに死ぬらむローソンのあなたかも知れずなつかしきかな

一月二十八日㈮

一月二十九日㈯

夢の中に階段多し罪深きあかしのやうにつね眞紅なり

葉牡丹にしんじつを問ふ生まれ來て良かりしか汝不機嫌の極み

一月三十日(日)

一月三十一日(月)

寺山修司の後ろ姿を見たりとぞわれのみ信ず、下北沢、二十歳

二月

二月一日㈫

きさらぎはものうごく月、花の木がこころたしかむるかそけきうごき

ホワイトシェパード初めて見たる佳き日なり氣高き犬は塔のごとしも

二月二日㈬

二月三日㈭

悠悠と羽づくろひせる鴨たちのかたへ憂ひもつ柳が佇てり

珊瑚珠を呉れにし叔父よ雷電のごとき憤怒をかかへたりしが

二月四日㈮

二月五日㈯

うつそみの薄氷（うすらひ）溶くる入浴の歡喜（くわんぎ）かなしも冬に生まれて

きみがために河津櫻咲く愛戀は狂言綺語とおもふまなかひ

二月六日(日)

二月七日(月)

雀たちわれを見捨てて砂浴びの快樂(けらく)に耽る神の庭かも

三島由紀夫認めぬ友と對話せる朝とは常に美しきもの

二月八日(火)

二月九日㈬

水瓶座はつか狂ほし水そそぐ行ひはつか洗禮に似む

性器なる花花かかげ凛然と梅、櫻立つわが誕生日

二月十日(木)

二月十一日㈮

硝子戸に近づくひよどり一瞬のあやふき間にて引き返しけり

フルトヴェングラー聽かずなりにき音樂は天使奏すとゆめ想はずも

二月十二日㈯

二月十三日(日)

雲雀、銀河、いくさ、まれびと何ひとつ知らず共寝すあかねさす日よ

非在なるヒヤシンス香りたまきはる聖ヴァレンタイン死刑臺へのあゆみ

二月十四日(月)

二月十五日㈫

食卓にひらくアイパッドのさくらいろ汝(な)が牙のごときペンシルもちて

汝(な)が骨にてダイヤモンドを作らむか錬金術より羞(やさ)しからむを

二月十六日(水)

二月十七日㈭

ロードス島はここならむむらぎものこころ書けど書けど止まらず

お菓子作り得意なりにし少女われ信じがたしも歌右衛門にこがれ

二月十八日㈮

二月十九日(土)

馬を馴らし兜きらめくヘクトルの葬儀に泣き女わたくしがゐる

ペンギンは金星の人、ヴィーナスの正身（むざね）を知れる唯一者なり

二月二十日(日)

二月二十一日(月)

ぬばたまの夢と黒髪ひとつなりし和歌は黄金の器か否か

紅梅のくちびる光る午後なればジャン・ルノワール見るべかりけり

二月二十二日(火)

二月二十三日㈬

クロッカスそこにゐてたれを待つならず鏡の前に立てるごと咲けり

繪が描きたしふりかへる噴水がさまよへる木蓮が描きたし

二月二十四日(木)

二月二十五日㈮

學問にほとほと向かずヴァイオリンのやうにうつろのたましひひとつ

道の邊にひくく咲きたる眞椿のくれなゐひとを射るとこそ知れ

二月二十六日㈯

二月二十七日(日)

林檎とは何かもどかしイヴもかく思ひたりけむこれにてはなしと

けむりぐさ吸ひたる昔不死と死にあくがれたりき今もあくがる

二月二十八日(月)

三月

三月一日㈫

梓弓春の英雄ポロネーズひらたきデジタルの音を味はふ

ウクライナ侵攻のロシア、たまきはるロシアと呼びて愛せしものを

三月二日(水)

三月三日(木)

對幻想のきはみなりけるひひなの日暴れたまへな蛤たちよ

フェードルゆ源氏物語に通ふ道ほの明かりしてプルーストも見ゆ

三月四日㈮

三月五日(土)

あしひきの山中智恵子待ちたまふ星を數(よ)みつつ畏れたりけり

フリージアは魚(うを)の泪(なみだ)に活くべしところゐのみ立てり壺の中より

三月六日(日)

三月七日(月)

自然と人間の狂氣くらべてあなさびしもよ富士山とスカイツリー

うぐひすと見らるるめじろわれならば堪へがたからむ汝は如何に

三月八日㈫

三月九日(水)

みほとけにすがりて生きし祖(おや)たちのしのばゆひとりの文人もなき

今様色慕はしきかないのちとは色とおもへるわれならなくに

三月十日(木)

三月十一日㈮

愛する人すべて失ひし幸ひをふかくおもへり白犬と堪ふ

セシウムの雨に打たれてさまよへり東北は東北はいづこ

三月十二日㈯

三月十三日(日)

病める子ら撃たれにけりな罪といふ言の葉超ゆる罪あるこの世

犬に誓ふソクラテス古代ギリシャの犬如何ならむわれのごときか

三月十四日(月)

三月十五日㈫

ささがにの蜘蛛に見らるる夜更けかな衣通姫とはおそろしき名ぞ

泣きながらわれに食まるるトマトなり泣くこと絶えてあらざるわれに

三月十六日㈬

三月十七日㈭

ウクライナびと、プーチンに抗ふロシアびと、いづれも勁しわれならば如何に

名を知らぬあざやげる鳥折折に來たりにんげんはなどかく地味か

三月十八日㈮

三月十九日(土)

喉渇きシャンパーニュ飲む人人をシネマに見つつこころさやぐも

前の世はガレー船にて働きしわれにありけむ後の世は石

三月二十日(日)

三月二十一日(月)

生き別れの猫と逢ひたる少女泣く國境の街たましひのかたち

ウクライナの色を掲ぐることさみし青と黄色は未生よりもつ

三月二十二日㈫

三月二十三日(水)

モスクワをマスクヴァーと知りたまかぎるほのかにいのち明るみしかど

非業の死とげしうたびと少なきは歌の徳かやあまつさへ　菩薩

三月二十四日㈭

三月二十五日㈮

白木蓮森閑と咲き戦争の絶ゆることなき星を抱かずも

あかあかと炎えゆく木瓜よひさかたの悲劇は死にしかよみがへりしか

三月二十六日㈯

三月二十七日(日)

人の世は劇場なればゼレンスキー見事演ずる悲劇の王を

花曇り龍のひそめる天地（あめつち）に夷狄のわれのからこころもはや

三月二十八日(月)

三月二十九日(火)

蛸も烏賊も海の賢者よ愚者われのいのちとなるを恕したまへよ

巨大隕石われに近づく心地してひとたびペンを置きまた執りなほす

三月二十日(水)

三月三十一日(木)

犬の毛にふるるすなはち過去現在未來繫がり球となりたり

四月

四月一日㈮

東京は遠からねども異界なり小面かけて多摩川を越ゆ

悲愴ソナタ冒頭だけをたどたどと弾きけり春されば想ふピアノの行方

四月二日㈯

四月三日(日)

鯛のかしら大いなる買ひてうれしきに生姜無かりき妖精のごとき生姜

紫の上つまらなき女とおもひたるお河童のわれやかなしかりける

四月四日(月)

四月五日㈫

歌舞伎座におでん食堂なくなりぬ徘徊なせし亡靈も消ゆ

満開のさくらばな率て母逝けりわれに全き自由遺せり

四月六日(水)

四月七日㈭

硝子戸の向かふは庭と信ずるもあやふかるべし胎（はら）かも知れず

柴又の帝釋天の草團子さびしき胸にころがりにけり

四月八日㈮

四月九日㈯

ひさびさに來たる鴉と對話せむプラトンを讀むこころととのへむ

友と居て息づまるおのが神經を治さばもはや龍にも乗れず

四月十日(日)

四月十一日(月)

財産を持たぬ鳥たちけものたちコミュニズムとは彼らの言葉

白鳥のボートを漕ぎしみづうみはそびらに青く息づくものを

四月十二日㈫

四月十三日㈬

凍りたるままの北極熊の仔よ今し永遠に手がとどかむを

108

うつむきて遅櫻(おそざくら)咲く青空は別れたる父ゆゑにうつむきて

四月十四日(木)

四月十五日㈮

ウクライナ戦争ながむる宇宙人しんじつ孤獨なるひとりはも

陸橋をわたることなき日日にして空中の薔薇の重さを知らず

四月十六日(土)

四月十七日(日)

ながくながく子どもくるしみ死にゆけりカミュはドストエフスキーに近き匂ひす

われがもし遊蝶花（パンジー）ならば三色は神に拒まむ一色を乞はむ

四月十八日(月)

四月十九日㈫

歐羅巴はろけくなりぬ春の雨打たれて心臓のみが歩むよ

紫木蓮固き花よと思ひしかどたとふればロミー・シュナイダー壮麗なりき

四月二十日㈬

四月二十一日㈭

無人なるふらここひとつおのづからゆれてとまらずたれ來たるらむ

晩春の運河のやうに花束のやうにけふよこたはる死はいづこ

四月二十二日㈮

四月二十三日㈯

函館にさくら咲く頃こころ疼く日付多（さは）なる死と誕生と死と

公園に遊具さまざま在ることのひみつここより天國にゆく

四月二十四日(日)

四月二十五日(月)

藤棚の下にてパソコンひらきたる男ありけり蜜蜂となる

白たんぽぽかなしかりける夕まぐれひとはいつより言葉もちけむ

四月二十六日㈫

四月二十七日(水)

常人のたましひあらぬ罰のごと眞の狂氣に近づきがたし

白犬さくらながらへば二十一歳ブラックホールにわれをみちびけ

四月二十八日(木)

四月二十九日㈮

チューリップ、レジスタンスのごとく咲きそらみつやまとに革命ぞ無き

風わたる誰がためにもあらずさみどりの現象界を幻想界となす

四月二十日㈯

五月

五月一日(日)

わたくしといふことばさへ身に重く葉櫻の苦を想ひぬるかな

燕切る速さに死ぬるアキレウス子の在ることぞさびしかりける

五月二日(月)

五月三日(火)

みどりごを抱きたることは幾たびか玉蟲厨子のごとく重きを

火星にもわれ在りてうたふ鬼のこゑあはれ鬼役者きみなりしかば

五月四日(水)

五月五日(木)

これよりはきりぎしの生、衣のみうすくれなゐの歌乞食かも

山藤の花に圍まれみすずかる信濃に入りし再生の日や

五月六日㈮

五月七日(土)

ひさかたの光の春かウクライナ穀倉地帯大地悲哀す

極地なる氷溶けゆく十年後なほキリストはあらはれ來ずや

五月八日(日)

五月九日(月)

桐の花梢に咲きていのちとは死なざることか否、否、否、光(かげ)

東下りは冥界下りといづこにも書かれざるゆゑわれは信ずも

五月十日㈫

五月十一日㈬

パン焼きたしプルーストのブリオッシュ生まれむとせり天のかまどに

ポンペイはこことおもへばみひらけるまなこのままに木橋をわたる

五月十二日㈭

五月十三日㈮

崩れゆく牡丹は花の王なればくるしむほどに歡び來たる

巨いなる赤き月昇りひめごとのすべて明かさむをさなきひとに

五月十四日(土)

五月十五日(日)

咲かざりし椿のみどり忘却の河を渡りしごと濡るるなにゆゑ

アフリカとふらんす語のきりむすぶたたかひぞあなぬばたまの黒薔薇炎ゆ

五月十六日(月)

五月十七日(火)

杜若むらさきふかみちちのみの父の生まれ日あやしきものを

みちのくの岩牡蠣ふいに食みたしと希ふ深夜かきみ來たるらし

五月十八日㈬

五月十九日㈭

ははそはの母なる友のこゑ聴けば地動説羞（やさ）しガリレオは母

あめりかはこの海の果て戀はざれどたましひ近く巣食はれつるか

五月二十日(金)

五月二十一日(土)

中國の中の字見つめ手足より枝となりたり貴妃咲かすべく

死の際に師が描きまし繪の中に入れぬおのれとかなしみは來つ

五月二十二日(日)

五月二十三日(月)

月の面(も)にわが犬ゐるを豊饒の海わすれよとわれに告ぐるを

地上ゆく鳥の歩みのたしかさよショパンがキイにふるるごとくに

五月二十四日㈫

五月二十五日㈬

ハングルを考へし王、天文をすすめし王ぞ星こそ文字（もんじ）

蓄音機に似たる硝子器何ならむ古代ローマの春は叫ぶを

五月二十六日㈭

五月二十七日㈮

青嵐甘ゆるのみの須佐之男を天にかへさむわれは鳥神(とりかみ)

存在の源に大き岩在りと知りたりにけむ鶴屋南北

五月二十八日(土)

五月二十九日(日)

カサブランカ重く竝べる花圃の朝、次の世紀はあらざらむ星に

戰爭と疫病思ひ在り經るに天道蟲の全きイデアよ

五月三十日(月)

五月三十一日(火)

青衣の女人マリアならぬか無意識の渡り鳥戀ほし人類は空

六月

六月一日(水)

夕焼を久しくも見ずくれなゐを忌む天界の雨乙女はや

紫陽花の球の央（もなか）に領巾をふる女人ありけり始原のひとよ

六月二日(木)

六月三日㈮

露草の青きひとみは虐殺を幾たび視しか永遠を拒み

さびしさは空より來たり蝸牛（かたつむり）光る歩みに目を向けたまへ

六月四日(土)

六月五日(日)

櫻桃のはつかなる酸、あめつちのいづれにも棲まぬ想ひびとはも

さみだれにおのれ委ねて透明の花となりたる吾子の在りせば

六月六日(月)

六月七日㈫

ウクライナいまだ抵抗しつつあるをひと忘れゆくどくだみの森

異様（ことざま）のこゑに啼きたる鴉たち天地創造ふたたびあらむ

六月八日(水)

六月九日㈭

化粧（けはひ）せぬ日日の果てなば死に化粧さんさんとして巴里とならむか

工事現場の音さやかなるはつなつと感ずるものはわが分身か

六月十日㈮

六月十一日(土)

初鰹薔薇のごとくにひらかるるこの星かの星われらは生けり

美しき傘のフォルムよ永遠のパラドックスは人間のみ持つ

六月十二日(日)

六月十三日(月)

老犬アルゴス目に見ゆれどもイリアスとあまりにちがふホメロスは誰

犬王道阿彌まこと犬ならばいとしきを天女之舞は亡き犬にふさふ

六月十四日㈫

六月十五日㈬

こよひ死ぬる汝（なれ）と知りつつねむりしか白犬さくら妻に在りしを

あまりにも今朝の世界が美しとレモン色によみがへる亡き犬よ

六月十六日㈭

六月十七日㈮

青き鳥の胎内に棲む犬たちの幸せを想ひ卵を想ふ

枇杷の種何ぞ大いなる祕めらるる邪教の神にあくがるる夕

六月十八日(土)

六月十九日(日)

花倉織まとふ重さは激戦の沖縄今も痛み負ふ沖縄

伯父死にし六月廿日たまかぎるほのかに見ゆる洞窟の風

六月二十日(月)

六月二十一日㈫

雨季は憂きにつぽんさらばふらんすのうたびととなるや老ジャンヌ濡れ濡れず

揚羽蝶追ふ群れのなか捕蟲網ひときは高くかかぐる死者よ

六月二十二日(水)

六月二十三日㈭

青空のかけらのキャンディー、これの世の貧しき子ら富める子らすべてにあたへよ

死後の夢なからむとソクラテス言ひあらむとぞハムレットおそるおそれこそ花

六月二十四日㈮

六月二十五日(土)

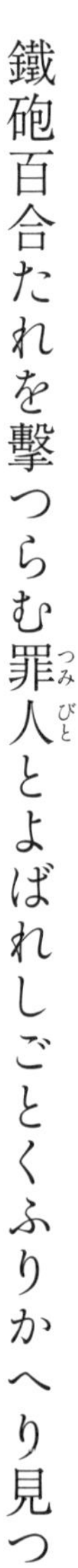

鐵砲百合たれを撃つらむ罪人(つみびと)とよばれしごとくふりかへり見つ

オフィーリアみごもりモナリザみごもり月のさざなみ見えがたきかも

六月二十六日(日)

六月二十七日(月)

わたくしの指より落ちてきらきらと海にかへりし珊瑚の指輪

太りたる天使在るべしもはや飛べざるゆゑ花壇の中歩むべし

六月二十八日㈫

六月二十九日㈬

夏鳥の尾長來たりてすさまじきこゑにさけびぬ美は虚妄なり

立枯れの紫陽花獨り筆折りしうたびとのごとくきよらけきかな

六月二十日㈭

七月

七月一日㈮

ああ雲よをさなき者よたまきはるわれは壹萬年生きたる心地す

犬逝きて三年（みとせ）に何をせしわれか愛の出口を忘れたりける

七月二日㈯

七月三日(日)

わたくしが犬もつにあらずわたくしのもとに犬ありといふロシア語あはれ

金髪にあらざりしマリリン・モンローの詩を想ふなり氷片の詩を

七月四日(月)

七月五日㈫

貝殻の上のヴィーナス羞(やさ)しさに堪へかねけりなルネッサンスを呪ふ

冷やし中華仙人いでて銀髪をひからするはや陰陽あらず

七月六日(水)

七日七日(木)

道端に坐る人、もの食(たう)ぶる人、遠くより見張る制服の人

夏椿はた合歓のはなたましひにひびかふ花を狩るはうたびと

七月八日㈮

七月九日(土)

わたくしは氷室なるゆゑ夏を病むいきものあまた集ひ來たれよ

四十雀の言語畏るるにんげんはまづしき言語もて詩を書くをやめよ

七月十日(日)

七月十一日(月)

まぼろしに過ぎぬわれらが愛しあひ一本の薔薇病む星をゆめみむ

帆立貝サン・ジャックかつて巡禮のひたごころありき火にあぶる夕

七月十二日(火)

七月十三日(水)

水浴のディアナ窃視せむ谷崎を想ひ寺山を想ひこころ放つも

夏の雪はげしかるべし紺青と眞紅と純白の六角形ふる

七月十四日㈭

七月十五日㈮

耳附の黄金杯に注がるる古代葡萄酒はヘレネーの血かも

雨の夜はぎんのわたくし一生に一度の能を舞ふごとく寝(ぬ)る

七月十六日(土)

七月十七日(日)

草の名のわが名はかなむ石の名にあらましものを鶏血石など

窓と夕陽の戀絶えずして人類の戀は終はらむ第三惑星

七月十八日(月)

七月十九日㈫

はつかりのはつかに妬む樹樹の戀くちづけたりや花のくちびる

イングリッド・バーグマンのごとく帽子被て他者なるわれは涼風のもと

七月二十日(水)

七月二十一日(木)

鴉たち荒らししゴミの袋より見ゆる謝罪の白き手紙や

ソフトクリーム少女のごとく舐めつづけかへる城あり水上の城

213

七月二十二日(金)

七月二十三日(土)

愛されず愛さず生くる天體のきららかさもて海越えむかな

褐色の天使は來たり光輪に包まれ死ぬる花を迎へに

七月二十四日(日)

七月二十五日(月)

ゴッホの耳の星座あるべし夜空に手のべてふれなむとせり

信長と三島の首が會話せるなかぞらへゆく螢うつそみ

七月二十六日㈫

七月二十七日㈬

みづうみとはわたくしの謂（いひ）霧ふかき北のわたくし問ひきませ戀よ

草生なる小さき犬に吠えらるる今朝の宇宙は青き芥子かも

七月二十八日㈭

七月二十九日㈮

ポリティカルコレクトネスの嵐吹く丘に立ちけり死者迢空は

素麺を茹でゐたる午後男の子わが生まざりし夢彦うたふ

七月三十日(土)

七月三十一日(日)

八月

八月一日(月)

基督教のふかきふかきミソジニーなどおもはるる　炎暑咲くわれ

帽子被る晶子のかうべ大いなりみだれつつつひに狂はざる紫

八月二日(火)

八月三日(水)

夜を啼く蟬はくるしも基督にあらずや問へば沈黙したり

顔といふ無限の星に憑かれたる日日の果てなる人面花われは

八月四日(木)

八月五日㈮

新しき冷蔵庫さくら白犬の生まれかはりぞはつかに啼ける

しらほねも殘らざりける死の光儀エクリチュールの零とはこれぞ

八月六日(土)

八月七日(日)

みどりごの光る午後なりジェノサイドつづく世界のみどりご光る

ねむり浅き夜夜といへども生命の根源にしてジェラールに逢ふ

八月八日(月)

八月九日㈫

天球の叫びのごとく鐘の音のうちに灼かるる花花のこゑ

眞の闇ただ一度逢ひし西表島の海なり臨死のごとき

八月十日(水)

八月十一日㈭

青き青き少女にありしははそはの母は胡蝶のかほもてりけり

ひたすらにわれを待ちけるちちのみの父よ未知の花束として

八月十二日㈮

八月十三日(土)

わたくしの蜜を吸はむと雀來ぬ汝宇宙の靑人草よ

遠近法たしかならざる幼年に盲目の秋田犬ありき殺されにけり

八月十四日(日)

八月十五日(月)

機中なるわれはわが家に遺言書置きて來にけりねむらざる犬よ

テスタマン

恍惚と疲るるあしたここは巴里さあれバベルの塔のふらんす

八月十六日㈫

八月十七日㈬

友どちに逢はむよろこび未知にして既知のごとしも海のごとくに

むらぎものメトロに獨り歌詠むはあやふかるべしやみがたく詠む

八月十八日㈭

八月十九日㈮

薔薇窓は何ゆゑ青きにつぽんの寺は赤しと思はざらめや

モンパルナスのフナックに探す新しきふらんす小説帖のごときを

八月二十日(土)

八月二十一日(日)

サンジェルマンデプレ敎會しづもりて森よりふかき迷路を抱く

夾竹桃も凌霄花も見ぬ晩夏ただ何者かの嘆息きこゆ

八月二十二日(月)

八月二十三日㈫

ノートルダム大聖堂は羞ぢらふをその胸処(むなど)あたり男が登る

ビフテックといへるステーキひさかたの雷雨ながめつつ食む罪と罰

八月二十四日(水)

八月二十五日(木)

聖母まとふ青さびしもよ王權にあらがふラピス・ラズリあらむか

ルーヴルの硝子のピラミッドあやにくにかがやかずけりたれも入れぬ日

八月二十六日㊎

八月二十七日㈯

黒ばかりまとへる巴里の女たち鳥のごとしも鴉にあらず

愛なきにわれよみがへるたまきはる蒸留酒のやうに球根のやうに

八月二十八日(日)

八月二十九日(月)

紫の倫敦模様の傘をさすもゆるはなびらふるごとき巴里

ふらんすの短き夏をシャンパーニュ涙と共に飲みつくすべし

八月三十日㈫

八月三十一日㈬

祖父（おほちち）の死にたまひし日や血縁ゆとほく離（さか）りてししむら肥ゆる

九月

九月一日(木)

元氣かとカフェにて問はる不老不死を求めし古代の王のこころよ

われあらぬわが庭に咲くくれなゐの萩のゆたけさ母のゆたけさ

九月二日(金)

九月三日(土)

愛しあふ彫像のふたりそのままに日月星辰ながれきみ來よ

ペンとノート揃へたりけりぬば玉の黑きリュックに墓碑銘ひそめ

九月四日(日)

九月五日(月)

ひさかたの月に叢雲わすれけりメルシイ飛び交ふこの世にひとり

あはれあはれベケット演劇祭に出會ひたる二十二の秋沈默を知らず

九月六日(火)

九月七日(水)

肌も髪もさまざまなれどいきものの美しさにてはにんげんは勝てず

モンターニュ街のコインランドリーに出會ひけるそくらてすのごとき男その犬

九月八日(木)

九月九日㈮

菊の花愛するオデット瘦せぎすにありしこと意外なり菊はししむら

書肆ジベールはつか阿片の香りせりわが知らぬ阿片わが知らぬ巴里の秋

九月十日(土)

九月十一日(日)

大いなる犬ゆきすぎぬさくらとぞよべばふりむく薔薇にかあらむ

サンリスのふるきカテドラルに囚はれしわれとおもひき　廢墟はらから

九月十二日(月)

九月十三日(火)

われのごとカフェに物書くいちにんよみづから巻ける煙草吸ひつつ

コレージュ・ド・フランス前の石段にしばし座れり星のうつそみ

九月十四日㈬

九月十五日㈭

敎會の尖塔のみを目印に警官群るる青に別るる

中國と韓國の友しなやかに跳ばむとしたりひかる水溜り

九月十六日㈮

九月十七日㈯

うらさむき外貨交換　傘ささぬ雨の中なるサンミッシェル白し

桔梗（きちかう）の紫の喪服おもひいづ死は誰（た）がためにもあらずゴダール

九月十八日(日)

九月十九日(月)

粘りなき米を添へたる鶏肉の煮込みあけぼの色の宇宙(コスモス)

オペラ座はいかに微笑む黑革のジャンパーきつくたましひ締むる

九月二十日㈫

九月二十一日(水)

アヴィニョンの暑熱やうやくさめし頃教皇庁に鳥のジェラール

けものなる巴里の金色（こんじき）の尾にふるるわれなとがめそシャトレの樂人

九月二十二日(木)

九月二十三日㈮

いかやうにゆくともパンテオンに逢ふわが歩み見えざる霧の中をゆくかな

ネックレス禁じられたる日日にして胸むなしくちなはの巣ともならまし

九月二十四日㈯

九月二十五日(日)

重き重きメトロのドアの把手つかみ永遠をつかむ泪あふるる

海あらぬ巴里の眞珠貝われと母　互みに互みをみごもりにけり

九月二十六日(月)

九月二十七日㈫

國をもてとむらふことのまがまがし國家解體とほき無月よ

外國（とつくに）とおもはざれども鹽のごと月光のごと射るかふらんす

九月二十八日(水)

九月二十九日㈭

地下食堂にボードレールの詩句ありて移民労働者ペドロ降り來(く)も

あはれあはれたまきはる米潰れたる壽司のサーモン天使の食よ

九月三十日㈮

十月

十月一日(土)

ひともとの芒となりてかへる日のしろがね巴里のいづこに光る

牡蠣はノエルと告げられたりな　わが不在なる巴里の牡蠣うたふ

十月二日(日)

十月三日(月)

ゴダールに浸る一日（ひとひ）や地下ふかく太陽いづる巴里五區あはれ

地中海しんしんと戀ふ曇天をサンジェルマンデプレ波立つ

十月四日(火)

十月五日(水)

オルセーの時計をわれの時計とす　水色のゴッホ老ゆることなし

オムレット食むゆふぐれを泣くこども　ふらんす語にて泣くは羨(とも)しも

十月六日(木)

十月七日㈮

シャンゼリゼ死者のゆきかふささめきにあくがれいづるけむりぐさはや

風の墓茫茫として匂ふかなやがてわたくし容るる巴里かは

十月八日(土)

十月九日(日)

わが部屋を清めくるるは丈高く肌漆黒のジゼル、なすな戀

貝殻を忘れたりしかわがそびら寒かりなむとニースの海は

十月十日(月)

十月十一日(火)

サルトルを語らずなりし現世(うつしよ)のカフェに溶けゆく砂糖あらがふ

窓よりの眺めに男女天使なる一瞬ののちその子來たりぬ

十月十二日㈬

十月十三日(木)

星と星ともに燃ゆるを犬と犬吠えあふことのいのちなるかな

さびしさよエシレのバター美味なりしカフェ・リュック禮(ゐや)美しきギャルソン

十月十四日㈮

十月十五日(土)

銀木犀いまだも知らずわが見たる巴里はかなしみふふむ龍なり

階段の急なる街に老いびとはけむりのごとくあゆみ月戀ふ

十月十六日(日)

十月十七日(月)

劇場は紅きはらわた見せにつつわらひかけたりけふはブレヒト

シェイクスピア以前のロミオとジュリエット運び來たれる星の砂かも

十月十八日㈫

十月十九日(水)

西班牙語多く飛び交ふホテルにて鳥語犬語に混じる日本語

クロワッサン崩るる朝をこの旅の果てのむらさきおもはざらめや

十月二十日(木)

十月二十一日(金)

夢よりもうつつ羞(やさ)しゑロクサーヌほほゑむまひるわれは白鳩

今更におもへば巴里に薔薇を見ずこころまづしき者には見えず

十月二十二日(土)

十月二十三日(日)

落葉(らくえふ)は薄氷のごとくあやふしと巴里びといへり怨みゆゑにか

飢うるひと多(さは)なりければ獣肉の骨まで食みて下痢を治すも

十月二十四日(月)

十月二十五日㈫

カフェの犬トビイの育つ智慧おそる眉のごときをもてる汝（なれ）はも

いにしへびとなべて忘るる巴里にして白犬さくら胸にとまるを

十月二十六日㈬

十月二十七日(木)

セーヌ河泳ぐうろくづその群れにまぎれて巴里に生きむとすらむ

犬も人も共に迎ふる天國とのたまひしサンテティエンヌデュモン教會の神父よ

十月二十八日㈮

十月二十九日(土)

リヨンの友アンリアンヌに託したき死後のたましひ持ちかへるなり

ソーヌ河に泛ぶ白鳥限りなき無縁の縁に輝きにけり

十月三十日(日)

十月三十一日(月)

巴里ふたたびの日を想ふ時ふさふさと柔毛（にこげ）生ひゆくうつそみもがも

十一月

十一月一日(火)

老ギャルソン・ヤニスに名乗る女詩人ジャンヌのままに飛び立ちにけり

しらほねのさくらの待てる白壁の家はいつしか紅葉をなす

十一月二日(水)

十一月三日(木)

曼珠沙華な咲きそ咲きそ黑海にオウィディウスの泪流るる秋は

にっぽんはさむき國なり直面（ひためん）に歩むひとびと斃れゆくなり

十一月四日㈮

十一月五日(土)

にんげんのために生くるは虚しとぞ犬たち悟る花野くちなは

コンビニといへる星星かがやける極東の島の闇に王ゐる

十一月六日(日)

十一月七日(月)

レオナルド・ダ・ヴィンチいのるシャペルにて白鳥かくれうたひつづくる

カフェ・コスモの黒きたーぶる秋の日に不在のわれを映しかがやく

十一月八日㈫

十一月九日㈬

一生（ひとよ）かけて愛せしものは犬と巴里きみにはあらずさくらさくらよ

ふらんすびとの英語のあまきひびきはも永遠の敗者すなはち勝者

十一月十日(木)

十一月十一日㈮

化粧（けはひ）せぬおもてに何か見え來（く）らしをさなご逃げしサンジェルマン通り

ちひさきちひさき部屋をもちたしくれなゐの薔薇の奥處（おくが）の蘂ほどひかる

十一月十二日(土)

十一月十三日(日)

旅人にあらざるこころ海ならずみづうみならむ湖心は匂ふ

萩いまだ咲きてゐる庭さにづらふをとこをみなの別なきところ

十一月十四日(月)

十一月十五日(火)

ロンサール像に向かひてねむるいちにんはたれの影武者にもあらずけり

星蝕のするどさに歩む石畳　月蝕といふ俗になづまず

十一月十六日(水)

十一月十七日㈭

伊太利亜にほとけいますと告げられしあかときの夢彩りありき

太陽王を今も信ずる革命の國の民草焼かれむとして

十一月十八日(金)

十一月十九日(土)

石となりもはや戀せぬうつそみはミケランジェロに彫(ゑ)らるるを待つ

羽ばたかぬサクレクールよながむれどながむれどあをき秋天に坐す

十一月二十日(日)

十一月二十一日(月)

ジパングの幻想いまだ生きつつもまづしき邦と知られゆきなむ

まぼろしの白き部屋消ゆ脳髄に白信天翁つばさをひろぐ

十一月二十二日(火)

十一月二十三日(水)

妄執を愛とよびたる千年の歴史ほろびむ小面老ゆる

リア王を見逃したりなモリエールの家にかよへる夜夜に父なく

十一月二十四日㈭

十一月二十五日㈮

三島由紀夫見しジェラールのル・シッドや冥界もまた劇場ならむ

カテドラル相似たりけりははそはのマリアは今も血を流しつつ

十一月二十六日㈯

十一月二十七日(日)

針葉樹林わたくし冷ゆるけものらを抱きしむるとも抱きしむるとも

初雪や白犬さくら眸をほそむ幽明の境に書物讀むごと

十一月二十八日(月)

十一月二十九日㈫

ふたたびの生誕祝ふ復活にあらねば緋なるローブをまとひ

ジャンヌ焼くほのほはきみの臟腑より昇りたりけりはつかに蒼く

十一月三十日(水)

十二月

十二月一日(木)

冬紅葉鈍き褐色わが庭のたましひいまだ人間ならむ

來む春は羅馬見むとて鬼たちの哄笑呼ばむわれもまた鬼

十二月二日㈮

十二月三日(土)

冬物語見つつ眠りし倫敦にまことながるる時ありやなし

イスラムゆつたはりしとふゴシックの美よ東方はつねに妖しも

十二月四日(日)

十二月五日(月)

赤き鞄禁じられたる旅人はくちびるのみをからくれなゐに

さあれ眞紅はよきものぞ椿、山茶花、走り紅梅、木枯の母

十二月六日㈫

十二月七日(水)

首飾り永き小春日おろかゆゑかくめくるめく世界に一人

あかねさすペルシャ絨毯そのうちに死せる友あり生けるわれあり

十二月八日(木)

十二月九日(金)

寒き寒きふらんすにゆく旅支度人形のごとくブーツは立てり

わが生みし極光を見ず死にゆかむただ一對のひとみとなるも

十二月十日(土)

十二月十一日(日)

ミゼリコルドあはれみといふひさかたの修道院の椅子の悪魔よ

シクラメン今年買はずも復活にみちびきくるるやうなる花を

十二月十二日(月)

十二月十三日(火)

埃及のミイラ肖像畫のレアリスムはろばろかなしおのれゐたりや

もみの木はしあはせなりや美しき飾りをまとふいのちの果てを

十二月十四日㈬

十二月十五日(木)

狂氣去りしわれとおもへばたまかぎる夕ほのかにきみを幻視す

戀知らぬジャンヌ・ダルクのうつそみのそびらにふるる夢ならなくに

十二月十六日㈮

十二月十七日(土)

老眼に寒月あふぐ愉しさはいはむ方なしバターのごとく

あらくさの家なりけれどちちははの血汐受け継ぐ椿咲きけり

十二月十八日(日)

十二月十九日(月)

につぽんをすつるといひしことのはの風に舞ふかもほのほよびつつ

恭順の聖母といふもさびしきに天のかんむりわが子より受く

十二月二十日㈫

十二月二十一日(水)

紅葉は未だ果てずも植物の情念の宴きよからずやも

アンナ・カレーニナその漆黒のドレス戀ふ星のまれびと性あらなくに

十二月二十二日(木)

十二月二十三日㈮

濁りたるひとみといへど水晶のうからなりけり死ののちはなほ

陣痛にくるしむマリアゐがきたる一枚の繪をセーヌにあたふ

十二月二十四日㈯

十二月二十五日(日)

しらべなきいのちとおもへひびきよりかがやきならむうたこそ快樂(りらく)

戦争はわたくしを生みひさかたの世界をあやむ世界うたへよ

十二月二十六日(月)

十二月二十七日(火)

冬空の星星生死(しやうじ)さまざまに語りかけ來るくるしきまでに

ポトフ煮るよき夜（よる）あらむさにづらふジェラール・フィリップ招くこの夜（よる）

十二月二十八日㈬

十二月二十九日㈭

幻の冠ひとつ外しけりピーターと共に狼をよぶ

モスクワへパリより飛ぶは天使のみゆるされにけり毛皮の天使

十二月三十日㈮

十二月三十一日(土)

月光は裏切るなかれぎんいろのペンもつ時にうしほ高まる

あとがき

二〇二二年、ふらんす堂の短歌日記で山岡有以子さんとご一緒に走り続けました。山岡有以子さん、山岡喜美子さん、本当にありがとうございました。

ロシアによるウクライナ侵攻という衝撃的な出来事があり、一方、個人的には久々のフランス渡航を果たすことのできた思い出深い年でした。

この星の未来を信じてなお走ります。

二〇二三年春　動乱のパリにて

水原紫苑

著者略歴

水原紫苑（みずはらしおん）

1959年横浜市生まれ。

早稲田大学第一文学部仏文科修士課程修了。春日井建に師事。90年『びあんか』で現代歌人協会賞受賞。99年『くわんおん』で河野愛子賞受賞。2005年『あかるたへ』で山本健吉文学賞・若山牧水賞受賞。17年「極光」で短歌研究賞受賞。18年『えぴすとれー』で紫式部文学賞受賞。20年『如何なる花束にも無き花を』で毎日芸術賞受賞。『女性が作る短歌研究』を責任編集。

天國泥棒 tengoku dorobou

水原紫苑 Shion Mizuhara

2023.05.16 刊行

発行人 山岡喜美子

発行所｜ふらんす堂

〒 182-0002 東京都調布市仙川町 1-15-38-2F

tel 03-3326-9061 fax 03-3326-6919

url www.furansudo.com/ email info@furansudo.com

装丁｜和兎

印刷｜日本ハイコム㈱

製本｜㈱新広社

定価｜ 2200円＋税

ISBN978-4-7814-1554-3 C0092 ¥2200E

2007　十階　jikkai

東直子　Naoko Higashi

2010　静かな生活　shizukana seikatsu

岡井隆　Takashi Okai

2011　湖をさがす　umi o sagasu

永田淳　Jun Nagata

2012　純白光　jyunpakuko

小島ゆかり　Yukari Kojima

2013　亀のピカソ　kame no Picasso

坂井修一　Shuichi Sakai

2014　午後の蝶　Gogo no chou

横山未来子　Mikiko Yokoyama

短歌日記シリーズ　定価2000円(2021より2200円)＋税　以下続刊

2015 無縫の海 muhou no umi
高野公彦 Kimihiko Takano

2016 南の窓から minami no mado kara
栗木京子 Kyoko Kuriki

2017 光の庭 hikari no niwa
伊藤一彦 Kazuhiko Ito

2019 オナカシロコ onakashiroko
藤島秀憲 Hidenori Fujishima

2020 天窓紀行 tenmadokikou
川野里子 Satoko Kawano

2021 樟の窓 kusunoki no mado
大辻隆弘 Takahiro Otsuji